HISTOIRE
CHIEN GRIBOUILLE

Histoire du chien Gribouille

Une aventure d'Arthur, Fred et Lisa

Texte et illustrations :
Marc Thil

Gribouille

Le feuillage des arbres ondule doucement sous le vent. Les maisons de ma petite ville, blotties au milieu de la verdure, ne m'ont jamais paru aussi jolies. Quelle belle journée de vacances d'été !

En revenant de la plage, je marche tranquillement en compagnie de mon cousin Fred et de Lisa, une amie qui habite la maison juste à côté de la nôtre. Nous sommes arrivés dans notre rue quand Lisa s'arrête brusquement et pose sa main sur mon bras.

— Arthur, regarde le petit chien là-bas !

Elle me montre du doigt un petit chien

banal, au poil ras, blanc avec quelques taches sombres, les oreilles dressées. Je lui réponds :

— Je vois bien un chien, mais il n'a rien d'extraordinaire...

Nous regardant tour à tour, Fred et moi, Lisa reprend vivement :

— Mais vous n'avez pas remarqué qu'il était déjà là hier. Avant, je ne l'avais jamais vu dans ce quartier ! On dirait qu'il est abandonné.

Nous nous avançons alors vers l'animal. Il semble avoir peur. Il fait mine de s'enfuir.

— Restez là, dit Lisa, j'y vais seule pour ne pas l'effrayer.

Elle s'approche lentement du chien et lui parle doucement. Au bout de quelques instants, il n'a plus peur et commence même à remuer la queue. Lisa peut alors le caresser ; elle nous fait signe d'approcher.

Je remarque que le chien a l'air fatigué, presque épuisé.

— Il doit avoir faim et soif, je vais lui

donner quelque chose...

Et comme nous pénétrons dans le jardin, le chien nous suit. Le laissant avec Fred et Lisa, j'entre dans la maison chercher de l'eau et un peu de nourriture.

Dès que je pose un bol d'eau devant lui, il le boit en quelques secondes. De même, il avale d'un coup les biscuits que je lui donne. Puis visiblement satisfait, il tourne autour de nous en remuant la queue et en poussant de petits jappements.

— Pas de doute, ce chien est abandonné, dit Fred, sinon, il n'aurait pas avalé ça si vite ! Et puis il ne resterait pas là, il reviendrait chez lui.

Parce qu'il s'y connaît un peu en chiens, il ajoute :

— C'est vraiment un très beau chien, un bull-terrier sans doute.

J'observe son collier, un joli collier de cuir rouge.

— Regardez, sur le collier, il y a une plaque à son nom : il s'appelle Gribouille !

— Drôle de nom ! remarque Fred.

— Grâce à son collier, on pourra facilement retrouver son propriétaire.

— Ça m'étonnerait, Arthur, dit Fred, je crois qu'il a été abandonné et que son maître ne voudra pas le reprendre.

— Non ! S'il a été abandonné, crois-tu que son maître lui aurait laissé ce beau collier ? C'est peut-être grâce à ça qu'on va le retrouver.

— Arthur a raison ! intervient Lisa. Regardez aussi comme son poil est brillant et bien entretenu. On voit bien que son maître en prenait soin. Pour moi, ce chien n'a pas été abandonné, il s'est perdu.

— Non, il ne s'est pas perdu ! assure Fred. Un chien ne se perd pas comme ça. Un chien retrouve en général la maison de son maître ! Et puis vous avez vu comme il est propre. À mon avis, ça fait peu de temps qu'il a quitté sa maison.

Je me rends bien compte que Fred a raison. Un chien ne se perd pas facilement, surtout dans une ville comme la nôtre qui n'est pas petite, mais pas immense non plus : Falaise-sur-Mer ne comporte que quelques milliers d'habitants ; elle est même plutôt isolée sur cette côte où les falaises sont battues par la mer. Pourtant, je fais remarquer :

— Ce chien a l'air tout jeune, ce n'est peut-être pas étonnant qu'il se soit perdu : il aura eu du mal à retrouver sa maison...

— Ça expliquerait tout... Tu as peut-être raison, dit Fred.

Mais comment faire pour retrouver son maître ?

L'annonce

— Retrouver son maître ?... J'ai une idée ! s'exclame Lisa. À la boulangerie, il y a un panneau avec des annonces rédigées par des clients. On va en mettre une pour signaler qu'on a trouvé Gribouille !

Tante Alice, que l'on vient de mettre au courant, trouve aussi que c'est une bonne idée. Dans le salon, nous entourons Lisa qui rédige un petit texte :

Un jeune chien de race bull-terrier a été trouvé à Falaise-sur-Mer. Prière de le réclamer à Mme Alice Santi en téléphonant au 02 50 43 89 57.

— Pas mal du tout ! dit Fred. On va tout de suite mettre l'annonce.

Arrivée devant la boulangerie, Lisa entre et demande l'autorisation d'afficher son texte sur le panneau. Une fois l'annonce mise en place, je me demande ce qu'on va faire de Gribouille en attendant qu'on vienne le réclamer.

— Pas de problème ! dit Fred, maman est d'accord pour qu'on le garde dans le jardin. Comme il n'aura pas le droit d'entrer dans la maison, on va lui construire une niche.

Et un peu plus tard, nous commençons à sortir quelques vieilles planches entreposées au fond du garage. Fred déniche des clous, un marteau et une tenaille. Mais avant de se mettre au travail, il faut d'abord trouver un endroit pour la niche. Notre jardin n'est pas très grand, mais il y a une petite place qui convient très bien contre la haie, au pied d'un gros épicéa.

En une heure environ, nous avons construit un abri en bois qui ressemble bien peu à une niche, mais il protégera Gribouille des intempéries, ce qui est l'essentiel. Cependant, au moment de faire essayer sa nouvelle petite maison à Gribouille, celui-ci ne semble pas du tout avoir envie d'y pénétrer. Lui qui a suivi nos travaux avec entrain, tournant joyeusement autour de nous, fait maintenant triste mine, la queue basse, et refuse obstinément d'entrer dans sa niche, même quand on essaye de le pousser. Lisa va même chercher quelques herbes sèches dont elle tapisse le sol, rien n'y fait. Mais quand elle place quelques biscuits au fond de la niche, Gribouille y pénètre enfin, saisit l'un des biscuits et s'allonge, l'air satisfait.

Fred, qui vient de dénicher une cordelette, entreprend d'en faire une laisse : une boucle d'un côté servira de poignée ; l'autre bout sera attaché au collier de Gribouille. Lorsque tous ces préparatifs sont finis, il est dix-neuf heures et tante Alice nous appelle pour le repas. Je referme soigneusement le portail derrière Lisa qui rentre chez elle. Gribouille est en sécurité dans notre jardin.

À table, nous ne sommes que trois, car oncle Pierre est une fois de plus en déplacement pour son travail. Moi, je vis chez mon oncle et ma tante, avec mon cousin Fred, depuis que mes parents ont disparu tous les deux dans un accident. En me servant, tante Alice me sourit avec douceur, d'un bon sourire qui me réchauffe le cœur. En lui rendant son sourire, je pose affectueusement ma main sur son bras. Tante Alice, c'est un peu ma maman maintenant.

Durant tout le repas, nous discutons vivement de tout ce qui vient de nous arriver et du succès possible de l'annonce. Est-ce que quelqu'un téléphonera ? Et si personne ne téléphone, que ferons-nous de Gribouille ? Le garderons-nous ?

Nous sommes impatients de connaître la suite, mais tante Alice nous fait observer qu'il faut sans doute attendre quelques jours afin de laisser le temps à tous de lire l'annonce. Et puis, de bouche à oreille, l'information passera. Si la personne à qui appartient Gribouille habite bien à Falaise-sur-Mer, elle sera sans doute prévenue dans les jours qui viennent.

Le soir, avant de m'endormir, je repense à ma journée. Je revois le petit chien que nous avons recueilli, la niche que nous avons construite... Dans la brume qui précède le pays des rêves, j'entrevois un instant le beau visage de Lisa, puis le sourire de tante Alice qui vient de me souhaiter bonne nuit, avec un mot gentil et un baiser sur la joue. Je suis calme et heureux. C'est cela le bonheur, je crois, toutes ces petites choses qui peuvent paraître insignifiantes, mais qui sont pourtant essentielles...

Une réponse

Cependant, une semaine après, toujours pas de coup de téléphone !

— Tant mieux ! dit Fred, j'en suis bien content, comme ça, on gardera Gribouille !

Mais à midi, alors que nous sommes à table, le téléphone sonne. Tante Alice décroche.

— Oui, dit-elle, c'est bien ça... Un bull-terrier, oui... On pourra vous le rendre cet après-midi vers seize heures... À quel endroit ?... D'accord.

— Voilà, dit-elle en raccrochant, le propriétaire s'est manifesté. C'est un monsieur qui voudrait qu'on lui amène son chien dans le centre-ville, place du Débarquement. Il vous attendra à seize heures.

Nous restons là un peu ahuris sans répondre. Nous nous étions habitués à notre nouveau compagnon et il fallait le quitter ! Tante Alice, en voyant nos têtes, comprend bien.

— C'est vrai, je commençais moi aussi à m'y attacher... mais ce chien n'est pas à nous, son maître l'attend...

Je voudrais bien en savoir plus :

— Est-ce qu'il t'a dit comment il l'a perdu ?

— À vrai dire non, je n'ai pas pensé à lui demander. Nous avons surtout parlé de l'essentiel, c'est-à-dire où et quand lui amener le chien. Et puis il a été très bref... Mais vous aurez tout le temps de parler avec lui cet après-midi en lui remettant Gribouille.

Je m'empresse d'aller annoncer la nouvelle à Lisa qui s'attriste brusquement. Elle aussi commençait à s'attacher à Gribouille.

L'après-midi, tous les trois, nous rejoi-
gnons la place du Débarquement, la grande
place centrale de Falaise-sur-Mer. Ce n'est
pas très loin, quinze minutes tout au plus à
pied. Fred tient Gribouille en laisse. Lorsque
nous arrivons sur la place, il n'y a encore
personne. Fred consulte sa montre.

— C'est normal, il n'est pas encore seize
heures.

En attendant, nous faisons le tour de la
place ombragée par de grands arbres et
égayée par des massifs d'hortensias au
milieu de la pelouse. Nous regardons chaque
voiture qui passe, mais aucune ne s'arrête.

Tout à coup, Lisa s'écrie :

— Regardez ! Là-bas, la voiture blanche
qui cherche une place de parking.

Assez loin, dans l'une des rues qui
conduisent à la place, je distingue à peine
une voiture qui se gare. Peut-être le conducteur connaît-il mal la petite ville et ne sait-il
pas qu'il peut se garer sur la place même ?
Enfin, les yeux écarquillés, nous regardons

un homme sortir du véhicule et se diriger vers la place. Il arrive directement sur nous. Il a évidemment vu notre petit groupe et le chien. Je sens mon cœur battre. Dans quelques instants, Gribouille ne sera plus avec nous. Qui est cet homme à qui il appartient ? Alors qu'il arrive, je le dévisage : des cheveux bruns ébouriffés, un visage contracté. Il doit avoir la trentaine, sa tenue est négligée. Mais je n'ai pas le temps de l'examiner plus longtemps. Il est déjà devant nous et, sans préliminaires, dit d'une voix pressée :

— Bon, vous avez le chien ?... C'est bien lui, je le prends.

Lisa, qui tient la laisse, la remet à l'inconnu.

— Vous pouvez garder la laisse, dit-elle. On s'en est bien occupé et...

Mais l'homme ne lui laisse pas le temps de terminer sa phrase.

— Oh ! Je n'en doute pas, mais excusez-moi, je suis très pressé. Au revoir !

Et il tourne les talons sans en dire plus, marchant à grandes enjambées, tirant le chien derrière lui. Mon cœur se serre, car il traîne Gribouille qui se retourne sans cesse vers nous, la queue basse. Lisa et Fred sont émus, eux aussi. Nous restons là sans bouger, un peu ahuris. La voiture démarre et disparaît quelques instants après.

Un pressentiment

C'est Fred, le premier, qui nous tire de notre stupeur.

— Drôle de bonhomme. Même pas un merci ! On voyait qu'il était vraiment très pressé.

— Il ne m'a pas fait bonne impression, dit Lisa. Il n'a même pas caressé Gribouille.

— Et son chien n'a manifesté aucune joie en le revoyant. Bien au contraire… Est-ce qu'il le traitait mal ?

Je réfléchis un instant.

— Cela expliquerait pourquoi nous avons trouvé son chien. C'était peut-être à la suite

de mauvais traitements qu'il s'était enfui...
Dire qu'on n'a rien eu le temps de lui demander : ni son adresse ni des détails sur la fuite
de Gribouille...

Fred pose les yeux sur moi.

— Moi aussi, il ne m'a pas fait bonne
impression ; il n'a rien manifesté en retrou-
vant son chien... Mais il ne faut quand même
pas se monter la tête. Cet homme était visiblement pressé, voilà tout.

Au retour, tante Alice, qui nous a préparé
un bon goûter, est surprise de notre air
sombre. Après s'être informée, elle donne
son avis :

— Je crois que vous êtes tristes parce qu'il
fallait vous séparer de Gribouille. Et cet
homme avait très peu de temps, car il a sans
doute dû interrompre son travail pour venir
prendre son chien : il ne faut pas en faire
toute une histoire.

Je ne réponds rien, mais je pense que si
tante Alice avait vu l'homme, elle ne dirait
peut-être pas ça. J'ai comme le pressentiment

qu'il y a autre chose que je ne comprends pas. Un pressentiment pour moi, c'est une plongée rapide dans quelque chose que je ne connais pas, dans l'inconnu, dans le futur... J'en rapporte seulement une réponse qui laisse une trace légère en moi.

chapitre

5

Une deuxième réponse

La journée suivante n'allait d'ailleurs pas tarder à confirmer ma crainte. En effet, dès le matin, assez tôt, vers neuf heures, le téléphone sonne. Étant dans le salon, je décroche. J'entends une voix mal assurée d'enfant, une voix de petite fille.

— Allô ! Je suis bien chez Mme Alice Santi ?

Je réponds que oui, mais je sens une petite hésitation chez mon interlocutrice.

— Je voudrais parler à Mme Alice Santi... C'est ce nom qui est indiqué sur l'annonce...

— Quelle annonce ? Tu peux me répondre.

Alice Santi est ma tante et elle n'est pas là en ce moment.

— L'annonce qui est à la boulangerie... On y dit qu'un chien s'appelant Gribouille a été retrouvé... C'est bien ça ?

Je tressaille. Effectivement, l'annonce est toujours à la boulangerie, nous n'avons pas encore pensé, depuis hier, à l'enlever. Je veux en savoir plus.

— Qu'est-ce que tu veux dire ?... Le propriétaire est déjà venu réclamer son chien !

— Oh ! mais ce n'est pas possible. Gribouille, c'est mon chien !

— Peux-tu me le décrire ?

La fillette me fait une description exacte de Gribouille sans oublier son collier de cuir rouge.

Je ne comprends plus ! Après avoir réfléchi un instant, je reprends :

— C'est bien lui que nous avons retrouvé... mais on est déjà venu le chercher... Un monsieur, hier, quelqu'un de ta famille peut-être ?

— C'est impossible ! Un voisin vient juste

de me prévenir ce matin de l'annonce à la boulangerie... Oh ! mais qu'est-ce qui s'est passé ?...

J'entends comme un sanglot. Une idée me vient et je lui dis :

— Écoute, je ne comprends rien à cette histoire. Nous allons passer te voir et on va s'expliquer... Veux-tu me donner ton adresse s'il te plaît ?

— Je m'appelle Julie Da Silva et j'habite route des Ajoncs, au numéro 15. C'est proche de la sortie nord de Falaise-sur-Mer... Maman va bientôt rentrer, elle est partie très peu de temps faire une course...

— Bon, je vais passer tout de suite vous voir...

Je raccroche, abasourdi, et je me dépêche de prévenir les autres. Fred et Lisa sont consternés. Je m'empresse aussi de griffonner un message pour prévenir tante Alice quand elle rentrera.

— Ne perdons pas de temps, dit Fred en dépliant le plan de Falaise-sur-Mer...

Après une brève recherche, il pointe son doigt sur la carte.

— Ce n'est pas trop loin d'ici, mais il faudra quand même traverser la ville. On devrait y être d'ici vingt minutes à pied environ.

Quelques secondes plus tard, nous suivons Fred qui a gardé son plan en main. Il faut effectivement aller à l'autre bout de Falaise-sur-Mer.

Une fois sur place, j'aperçois des maisons disséminées, bordées par des champs séparés par de petites haies. Des prairies s'étendent jusqu'en bordure des falaises qui surplombent la mer.

Fred tend la main sur la gauche.

— C'est ici, la route des Ajoncs !

C'est une petite route de campagne qui serpente à travers les cultures. De part et d'autre, quelques maisons, séparées par de hauts arbres, bordent la voie. Après avoir marché une centaine de mètres, nous arrivons devant un vieux portail de bois vermoulu et à la peinture écaillée qui porte le numéro 15.

C'est ici.

Je regarde au-delà du portail et découvre un jardin envahi par des fleurs sauvages assez hautes, de vieux pommiers aux branches pendantes. Au bout de l'allée, une maison ancienne un peu délabrée qui aurait bien besoin d'être repeinte.

6

L'histoire de Gribouille

Nous sonnons et une jeune femme brune vient nous ouvrir. Elle est souriante et je la trouve tout de suite sympathique.

Je me présente :

— C'est au sujet de l'annonce pour le chien...

— Ah oui ! Ma fille Julie vient de m'en parler... mais je croyais qu'il n'y avait qu'un jeune garçon qui devait venir...

Je m'empresse d'ajouter :

— Oui, c'est moi qui viens de téléphoner à Julie ! Je m'appelle Arthur et voici mon cousin Fred et une amie, Lisa.

— Eh bien, venez vite maintenant. Julie vous attend. Nous avons hâte d'en savoir plus, nous ne comprenons pas ce qui s'est passé.

Elle nous fait entrer dans le salon où nous attend une fillette, plus jeune que Lisa, souriante, elle aussi, comme sa maman. Le salon est meublé simplement et nous prenons tous place. Le premier, je prends la parole et je raconte tout ce que nous savons. Au moment où je parle de l'homme qui est venu chercher Gribouille, Mme Da Silva m'interrompt :

— Mais personne de notre connaissance n'a fait une chose pareille ! Avez-vous eu l'adresse de cet homme ? Il s'agit peut-être d'une erreur...

— Ça m'étonnerait ! L'homme était soi-disant tellement pressé que nous n'avons pu avoir ni adresse ni téléphone. Et il était si peu sympathique qu'il ne nous a même pas remerciés !

Lisa se tourne vers Mme Da Silva :

— Et à qui avez-vous dit que votre chien

était perdu ?

— Seulement à nos deux voisins les plus proches, des gens en qui nous avons toute confiance. Ce sont d'ailleurs eux qui m'ont signalé votre annonce.

— Alors, qui est cet homme ? soupire Julie. Comment va-t-on le retrouver ?

— Sans doute quelqu'un qui a vu l'annonce à la boulangerie et qui voulait ce chien ! affirme Lisa. C'est un bull-terrier, n'est-ce pas ? Avait-il de la valeur ?

— Oui, c'est bien un chien de race bull-terrier, confirme Mme Da Silva. Il doit certainement coûter un bon prix, mais nous ne l'avons pas acheté. Nous ne sommes pas riches, ce sont des amis qui ont offert Gribouille à Julie alors qu'il n'était qu'un chiot, il y a moins de deux ans... Nous l'avons tout de suite beaucoup aimé. Il était si amusant ! Quand on l'emmenait à la plage, il courait partout et labourait le sable de ses petites pattes en y traçant d'étranges gribouillages. C'est pour cela que nous l'avons appelé Gribouille. Vous voyez bien que ce n'est pas sa valeur qui compte. Nous y sommes attachés... et particulièrement ma petite Julie...

Lisa s'exclame vivement :

— Mais alors, nous savons maintenant pourquoi cet homme est venu chercher Gribouille ! Il connaissait la valeur d'un chien de cette race. Il avait sans doute l'intention de le vendre et d'en tirer un bon prix... Peut-être même voulait-il le garder pour lui ?

— Je ne crois pas qu'il voulait le garder, observe Fred. Rappelle-toi comment il s'est comporté en voyant Gribouille. Il ne l'a même pas caressé ! Il ne s'est même pas soucié de savoir s'il avait été bien traité ! Il est venu chercher Gribouille pour le vendre, c'est certain !

— C'est un peu de ma faute ! soupire Lisa. Si je n'avais pas noté « bull-terrier » dans l'annonce, cet homme ne se serait sans doute pas manifesté.

Je me tourne vers Lisa pour la rassurer.

— Comment pouvais-tu le savoir ? Quand on rédige une annonce de ce genre, on essaye de mettre toutes les informations disponibles...

Puis, m'adressant à la maman de Julie :

— Mais vous ne nous avez pas dit comment Gribouille s'est perdu...

Mme Da Silva nous explique alors qu'elle devait passer quelques jours dans sa famille avec Julie ; il lui était difficile d'emmener le chien. Elle avait donc laissé Gribouille à des amis à une vingtaine de kilomètres d'ici. Mais comme elle l'avait appris par la suite, il ne se plaisait pas là-bas, il avait peut-être l'impression d'être abandonné... et il s'était enfui.

Sans doute voulait-il revenir dans sa maison. Cependant, connaissant mal le pays, fatigué, il s'était perdu, car c'est un chien encore tout jeune...

— Mais alors, s'écrie Julie, les larmes aux yeux, comment va-t-on le retrouver ?

Elle regarde sa mère puis nous trois, mais personne n'ose lui répondre.

La petite Julie

Regardant de nouveau sa mère, Julie repose sa question, les lèvres tremblantes :

— Mais alors, comment va-t-on retrouver Gribouille ?

À peine a-t-elle fini de parler qu'elle fond en larmes.

Sa mère tente de la consoler en l'entourant de ses bras, mais rien n'y fait. La fillette est secouée par de gros sanglots. Alors, Lisa s'approche et pose sa main sur l'épaule de l'enfant. Elle lui parle doucement :

— Écoute-moi un instant, Julie, regarde-moi, tu veux bien ?

La petite s'arrête de sangloter et, les yeux encore remplis de larmes, fixe Lisa qui reprend :

— Je te promets qu'on va tout faire pour retrouver Gribouille. Tu me crois ?

Et, mise en confiance, la fillette se calme. Au bout de quelques instants, elle propose même :

— Vous voulez jouer avec moi ?

Nous la suivons dans le jardin où nous courons dans tous les sens après un ballon. Mais, bien vite, je remarque que la petite fille a un problème avec son dos. Elle semble par ailleurs maladroite et peine à suivre Lisa qui court devant elle. Les autres ont certainement aussi observé cela. C'est d'ailleurs elle qui nous en parle quand nous nous arrêtons, essoufflés, au bord de la pelouse.

— Ça faisait longtemps que je ne m'étais pas autant amusée !

— Tu n'as donc pas d'amis ? s'inquiète Lisa.

Le sourire de Julie s'efface brusquement et

son visage devient triste.

— Non, je n'ai pas beaucoup d'amis, mais je peux vous dire pourquoi, à vous... Je vois bien que vous êtes gentils avec moi...

Après un bref instant de silence en nous regardant tour à tour, elle poursuit :

— Voilà, c'est à cause de mon dos, vous avez vu qu'il est mal formé, comme une petite bosse...

— Cela ne se voit pas beaucoup, intervient Fred.

— Oui, mais en plus, reprend Julie, je n'arrive pas à faire ce que les autres font, aussi bien en tout cas : jouer, courir, faire du sport... Alors, c'est sans doute pour ça que je n'ai pas beaucoup d'amis.

Elle ajoute :

— Et puis on s'y habitue... Les autres aussi... Enfin, ça allait comme ça, mais il y a plusieurs semaines déjà, il s'est passé quelque chose...

Julie se confie

Julie s'est arrêtée de parler et avale sa salive, l'air apeuré. Puis après nous avoir regardés un instant, elle reprend confiance, sourit et continue :

— Je peux bien vous le dire, à vous qui êtes mes amis. Je n'ai pas peur avec vous. Voilà ce qui s'est passé... Un jour, c'était dans la rue, je sortais juste de l'école. Je me préparais à rentrer à la maison. À pied, ce n'est pas très loin et puis maman, avec son travail, ne peut pas toujours venir me chercher. Un garçon de ma classe, qu'on appelle Nic, s'est moqué de moi en montrant mon dos, il a crié devant ses copains : « Oh ! la bosse ! Vous avez vu la bosse ! » Je ne savais plus où me mettre. Alors, je me suis dépêchée de rentrer chez moi. Le soir, j'étais triste, mais je n'ai parlé de rien à maman pour ne pas l'inquiéter... Mais voilà que le jour suivant, le matin, en allant à l'école, Nic, toujours accompagné de quelques copains, me voit et recommence à se moquer de moi en criant tout fort dans la rue : « La bossue ! La bossue ! » J'ai couru aussi vite que je le pouvais et je suis arrivée en larmes à l'école... Le soir, j'en ai parlé à maman. Nous sommes allées voir la maîtresse qui nous a dit que c'était bien difficile d'intervenir quand ça se passait en dehors de l'école. Mais elle a aussi dit qu'elle parlerait à Nic. Et grâce à la maîtresse, cela va un peu mieux maintenant... Mais ce n'est quand même pas facile, car parfois, Nic se moque encore de moi quand il me voit dans la rue...

Elle s'arrête un instant, puis reprend :

— Alors, maintenant, je fais attention en

sortant ou en arrivant à l'école. Par exemple, je sors de l'école un peu après les autres pour ne pas les rencontrer. Si j'ai un doute, je change de trottoir ou je fais un détour... Depuis ce jour, maman fait son possible pour venir me chercher ou me conduire à l'école en voiture... mais à cause de son travail, elle ne peut pas tout le temps. Et comme je ne veux pas qu'elle se fasse trop de soucis, je n'en parle pas beaucoup... et puis je fais tout pour l'éviter, cette bande... Voilà pourquoi je me suis tant attachée à Gribouille. Il est devenu mon ami, celui à qui je pouvais confier mes peines...

S'interrompant un moment, elle soupire, avec un sourire qui se veut rassurant :

— J'essaye d'être courageuse ! Maman me dit toujours qu'il faut s'affirmer face aux autres, avec mon handicap... Elle a raison !

Tous les trois, nous sommes bouleversés par l'histoire de Julie.

chapitre

9

Une nouvelle amie

Lisa pose doucement sa main sur celle de Julie et lui dit :

— Si je comprends bien, ta maman a des problèmes d'horaires pour venir te chercher à la sortie de l'école...

— Oui, car elle est seule à s'occuper de moi.

— Il y a une école primaire juste à côté de notre collège. Si tu pouvais y aller, on pourrait se voir...

La petite ne dit rien. Lisa continue :

— Peut-être qu'elle est plus loin de chez toi que ton école actuelle, mais tu pourrais rester chez nous en attendant que ta maman vienne te chercher...

La fillette ne répond pas, mais se lève brusquement et disparaît dans sa maison. Elle revient bientôt avec sa mère qui nous dit :

— Oui, j'ai déjà pensé l'inscrire à cette école, car elle est tout près de l'endroit où je travaille. Ça m'arrangerait bien aussi... mais quand je me suis renseignée, il n'y avait pas d'études du soir et, à cause de mes horaires, je n'ai pas pu envisager cette solution...

— Mais Julie pourrait rester chez nous en attendant que vous passiez la prendre en sortant de votre travail, dit Lisa.

— C'est très gentil, mais je ne sais pas si...

— Maman, murmure Julie, si tu voulais bien...

Nous regardant un instant tous les trois, Mme Da Silva réfléchit puis, voyant bien qu'elle peut compter sur nous, elle s'exclame en souriant :

— C'est décidé ! Je n'hésite plus. Tu changeras d'école à la rentrée, Julie !

— Merci maman ! Merci ! crie Julie en se jetant au cou de sa mère, puis se tournant vers nous :

— Merci à vous tous aussi ! Cela me console presque d'avoir perdu Gribouille !

Au moment de partir, Fred regarde en souriant la fillette :

— Tu sais, on va tout faire pour retrouver le voleur de Gribouille et on reviendra aussi te voir de temps à autre !

Nous n'avons pas attendu longtemps pour revoir Julie. Deux jours plus tard, nous lui téléphonons pour l'inviter à nous rejoindre à la plage. Sa mère la dépose en voiture puis repart ; c'est ainsi que nous nous retrouvons tous les quatre à la plage de Falaise-sur-Mer.

Comme c'est agréable de prendre un bon bain avec cette chaleur ! Je me laisse flotter un moment, faisant la planche et remuant juste le bout des mains, je suis bien.

En penchant la tête, j'aperçois au loin Lisa qui nage tranquillement. Julie n'est pas très loin d'elle. Je ne vois plus Fred. Je le cherche des yeux en me disant que je vais le rejoindre quand tout à coup, j'entends une voix crier : « La bossue ! La bossue ! »

Il ne me faut que quelques instants pour réagir : on insulte Julie ! Je nage à toute vitesse dans la direction d'où provient la voix et, en arrivant, j'entends de nouveau les mêmes moqueries. J'aperçois Julie, assise sur le bord de la plage. Elle est toute pâle. Elle ne bouge pas.

En un éclair, je vois Fred qui s'avance vers le gamin qui insulte Julie. Calmement, sans même élever la voix, il le remet en place et lui fait comprendre combien son attitude est odieuse. Je crois que le jeune garçon auquel il s'adresse a compris, car il bredouille quelques mots, peut-être une excuse, et s'éloigne, la tête basse.

Quand j'arrive, la scène est terminée, elle n'a duré que quelques secondes.

Maintenant, Fred est à côté de Julie et lui a affectueusement passé le bras autour de son épaule. La fillette le regarde, rassurée et reconnaissante. Je ne peux m'empêcher d'admirer Fred, son attitude et son calme. Pour moi, il a agi comme tout adulte devrait le faire.

Maintenant, tous les trois, car Lisa nous a rejoints, nous sommes avec Julie, passant le temps qui reste à jouer avec une balle sur la plage.

Au moment de nous quitter, je comprends que l'incident a eu une issue positive, car Julie nous confie :

— Maintenant que je vous connais, je n'ai plus peur des moqueries !

Mais durant le retour, je ne peux m'empêcher de réfléchir et de m'interroger : comment se fait-il qu'il n'y ait eu personne, dans la classe de Julie, pour avoir le courage de réagir comme Fred, pour avoir le courage de secourir Julie ?

Le piège

Le lendemain, assis tous les trois sur la pelouse près de la niche vide de Gribouille, nous réfléchissons à la situation. La petite Julie nous a tous tellement émus que nous voulons absolument retrouver son chien.

Une fois de plus, Fred s'interroge :

— Comment faire pour retrouver cet homme ?

Lisa, qui semble réfléchir depuis un instant, prend la parole :

— Il y a peut-être une piste même si l'on n'a pas beaucoup de chances, c'est la boulangerie. Cet homme a dû y passer pour lire l'annonce. Peut-être a-t-il demandé un renseignement ? Peut-être même est-il connu par le commerçant ?

— Tu as raison, Lisa ! approuve vivement Fred. Il faut y aller !

Mais à la boulangerie, une déception nous attend. La boulangère ne se souvient de personne qui lui aurait demandé des renseignements. D'autre part, comment pourrait-elle se souvenir de tous les clients qui sont passés dans son commerce et qui ont regardé l'annonce ? Nous ressortons bredouilles et dépités.

— Il n'y a plus aucun moyen de retrouver Gribouille ! soupire Lisa.

— Peut-être pas ! J'ai une idée, s'exclame Fred. Il faut tendre un piège à cet homme !

— Un piège ?... Mais comment ?

— On va remettre une annonce à la boulangerie... Mais ce sera une fausse annonce qui indiquera qu'un beau chien de race a été perdu... Notre voleur sera de nouveau attiré par ce chien qu'il pourrait revendre un bon prix...

J'interviens :

— Oui, mais à condition qu'il repasse à la boulangerie... Souvenez-vous qu'on a dû attendre huit jours pour avoir sa réponse au sujet de Gribouille. Il ne doit pas être un habitué de ce commerce... Et puis attention, il risque d'avoir des doutes quand il verra le même numéro de téléphone...

— Non, reprend Fred, pour ça, j'ai mon idée : on mettra un autre nom et un autre numéro, celui de mon téléphone portable. Comme ça, il ne se doutera de rien. Et une fois qu'on aura pris rendez-vous, il faudra repérer sa voiture sans se faire voir. Bien sûr, on ne cherchera pas à le rencontrer. On sera juste là pour le suivre, au moins pour essayer de noter le numéro d'immatriculation de l'auto.

L'idée nous semble bonne et, tout de suite, Fred griffonne une nouvelle annonce signalant qu'on a retrouvé un jeune chien teckel de pure race, en demandant à ce qu'on le contacte à son numéro de téléphone portable.

Nous arrivons de nouveau devant la boulangerie pour y afficher l'annonce, mais, avant de rentrer, je me tourne vers Fred.

— Crois-tu que l'homme ne va pas avoir des doutes ? Ça fait la deuxième annonce concernant la disparition d'un chien en quelques jours...

— Il faut quand même tenter quelque chose ! Et puis, il ne sait pas que Julie a réclamé Gribouille, il ne se méfiera donc pas.

Une fois l'annonce affichée dans la boulangerie, il ne nous reste plus qu'à attendre.

Le rendez-vous

Cinq jours plus tard, le matin, alors que Lisa est avec nous dans le jardin, le téléphone portable de Fred sonne.

Une voix d'homme bourrue s'informe. C'est à propos de notre annonce. Fred demande un lieu de rendez-vous. L'homme lui propose place du Débarquement, à quatorze heures, le même lieu de rendez-vous que la fois précédente. L'inconnu n'en dit pas plus et raccroche.

— C'est notre voleur ! assure Fred, je l'ai reconnu à sa voix. Encore une fois, il était pressé et peu sympathique, c'est bien lui !

Tout de suite, il consulte son petit écran.

— Je m'en doutais bien, pas moyen d'avoir le numéro qui m'a appelé ! C'est un numéro à identité protégée... L'homme se méfie.

Lisa n'est pas rassurée pour la suite.

— Bien, il est tombé dans le piège, mais comment faire maintenant ? Relever le numéro d'immatriculation de la voiture ? Cela suffira-t-il ? Et puis quand il verra qu'il n'y a personne au rendez-vous, il sera furieux ! Mieux vaut ne pas trop s'approcher de lui !

— Non, surtout pas ! Voilà ce qu'on va faire, dit Fred. Il ne faut pas qu'on soit tous au même endroit, d'abord pour ne pas attirer l'attention, ensuite pour avoir plus de chances de repérer la voiture ; on n'est pas sûr qu'il se garera comme la dernière fois... Toi, Arthur, si tu veux, tu peux te poster dans la rue où il s'est garé l'autre fois. Quand il repartira, toi, avec ton vélo, tu essayeras de le suivre pour voir où il habite...

— Oui, cela doit être possible. Avec la circulation en ville, je suis souvent plus rapide que les voitures...

— Bien ! reprend Fred. Moi et Lisa, on se postera dans deux autres rues qui conduisent à la place.

Bien avant quatorze heures, nous sommes à nos postes, répartis autour de la place du Débarquement. Moi, avec mon vélo, je suis caché derrière un arbre, dans la rue où la voiture s'est arrêtée la dernière fois. Un peu plus loin, Lisa et Fred guettent dans des rues adjacentes. J'espère reconnaître la voiture de l'inconnu, car la circulation est assez importante en ce moment. J'observe de tous mes yeux la rue d'où pourrait déboucher l'homme.

Le temps passe et je ne vois toujours rien.

Je regarde ma montre : quatorze heures dix déjà ! Je rêvasse un peu, mon attention se relâche. Quelques voitures sont bien passées, mais aucune ne s'est arrêtée. Enfin, une auto grise se gare à quelques mètres devant moi, sur une place de stationnement libre.

Fausse alerte ! Une jeune femme en sort avec un enfant. Mais presque au même moment, une voiture blanche de type break s'arrête bien plus loin. Je distingue très mal le conducteur : impossible de savoir s'il s'agit de notre homme tant qu'il ne sera pas sorti, car je ne vois qu'une masse confuse. La portière s'ouvre et je crois le reconnaître, mais il est encore trop loin.

Cependant, au fur et à mesure qu'il s'approche, je n'ai plus de doutes : c'est bien lui ! Lisa et Fred l'ont-ils aussi aperçu de leurs postes d'observation ? Je ne le crois pas, car ils ne sont pas placés au bon endroit. Pour l'instant, j'observe l'homme qui se dirige d'un bon pas vers la place du Débarquement. Arrivé au lieu du rendez-vous, il scrute attentivement les environs en tournant la tête à droite et à gauche. Ne voyant personne avec un chien, il va s'asseoir sur un banc. Régulièrement, il regarde de tous les côtés. Moi, je reste bien derrière mon arbre le plus discrètement possible, la main sur mon vélo, prêt à sauter en selle dès qu'il reviendra.

Cinq minutes passent.

L'homme semble de plus en plus impatient, consultant sa montre régulièrement. Je pense que Fred et Lisa ont dû le voir aussi. Enfin, l'inconnu sort son téléphone portable afin d'établir une communication, mais presque aussitôt, il le range, visiblement contrarié. Certainement, il a dû rappeler le numéro de Fred qui, bien sûr, n'a pas répondu.

chapitre

12

La poursuite

Enfin, vingt minutes environ ayant passé, l'homme se lève et marche en direction de sa voiture. Toujours caché derrière mon arbre, je l'observe quand il repasse : il a l'air furieux !

Puis le voilà qui rentre dans son auto et démarre. Je saute sur mon vélo en prenant garde qu'il ne me voie pas. La grosse voiture blanche effectue un demi-tour afin de repartir en sens inverse.

Je la suis à bonne distance, voulant rester le plus discret possible. On peut à la rigueur suivre une voiture à vélo dans cette petite ville ; les vitesses limitées, les feux de circulation, les pistes cyclables le permettent, mais il me faut quand même pédaler vite !

Pour l'instant, je roule à une certaine distance de la voiture sans trop de difficultés, mais voilà qu'elle tourne brusquement à gauche en me laissant devant un feu rouge. Je descends de mon vélo, emprunte le passage pour piétons et rejoins ainsi sans perdre de temps la rue où l'auto vient de disparaître.

C'est alors que je me rends compte que je n'ai même pas pensé à relever le numéro d'immatriculation !

Il est peut-être encore temps. Je roule à toute allure et ouf ! je repère la voiture un peu plus loin. Je me rapproche peu à peu, car celle-ci est ralentie par la circulation. Cependant, je suis encore trop loin pour arriver à lire la plaque d'immatriculation. Mais voilà que brusquement, le conducteur tourne à droite comme s'il voulait sortir de Falaise-sur-Mer.

Effectivement, il s'engage sur une grande

ligne droite et accélère. Je m'efforce de pédaler le plus vite possible, mais rien à faire, il roule beaucoup trop vite et, quand je m'arrête, complètement essoufflé, je suis à la sortie de la ville. La voiture a disparu depuis longtemps sur la route qui se déroule au loin dans la campagne.

Il ne me reste plus qu'à rejoindre Fred et Lisa. Je reprends la route en sens inverse à une allure plus modérée. Quand j'arrive à la place du Débarquement, j'aperçois tout de suite mes compagnons. Fred est impatient.

— On n'a rien pu faire ! On n'a même pas pu voir où l'homme s'est garé. On l'a seulement aperçu quand il est arrivé sur la place. Et toi, tu as pu le suivre ?

Je reprends mon souffle, pose mon vélo et raconte ma poursuite qui s'est terminée par un échec, ce qui était finalement à prévoir si le conducteur quittait la ville.

— Mais le numéro d'immatriculation, tu as pu le relever ?

— Non, car la voiture était d'abord garée

trop loin de moi et je ne voulais surtout pas sortir de ma cachette et rôder autour du véhicule. L'homme aurait pu me voir. Après, j'ai eu tellement de difficultés à suivre la voiture avec mon vélo que j'avais la tête ailleurs. Je n'ai même pas pensé à relever le numéro de la plaque. D'ailleurs, vu la distance, c'était difficile.

Fred ne répond pas, Lisa ne dit rien non plus. Nous sommes consternés. Ainsi, notre piège n'a servi à rien ! Et comment retrouver Gribouille à présent ? Et que dire à Julie ?

Nous décidons pourtant d'aller la voir tout de suite. Nous ne l'avions pas mise au courant de notre tentative pour retrouver le voleur afin de ne pas lui donner de faux espoirs. Mais il faut bien lui dire maintenant que nous ne savons plus comment faire pour retrouver Gribouille. Que tenter de plus ?

Moins d'une demi-heure plus tard, nous arrivons rue des Ajoncs. C'est Lisa qui met Julie au courant de nos tentatives et je vois bien que la fillette a le cœur gros quand elle se rend compte qu'elle ne reverra peut-être plus son chien.

En terminant notre histoire, Lisa lui dit :

— Tu viendras chez nous et nous continuerons de nous voir pendant les vacances et même après, à la rentrée, puisque ta nouvelle école sera juste à côté de la nôtre.

À ce moment, Julie sourit et son visage s'éclaire. Elle dit simplement :

— J'ai perdu Gribouille, mais j'ai trouvé des amis !

13

Une nouvelle piste

Pourtant, les choses n'allaient pas en rester là. Le samedi suivant, vers onze heures, Lisa entre précipitamment dans notre maison. Elle nous réunit tous les deux, Fred et moi, et s'exclame :

— J'ai retrouvé Gribouille !

Abasourdi, je demande :

— Mais comment ?

— Voilà, c'était tout à l'heure, je faisais avec papa des courses au grand centre commercial de Falaise-sur-Mer. Tout à coup, sur le parc de stationnement, en regagnant la voiture avec le chariot rempli, je vois une dame avec son chien en laisse. Elle se dirigeait vers sa voiture après avoir fait ses courses. Tout de suite, le chien a attiré mon attention. De loin, il m'a fait penser à Gribouille, mais je n'en étais pas sûre. Alors j'ai dit à papa que j'allais vite voir là-bas un bull-terrier qui ressemblait à Gribouille. J'ai couru vers la femme qui a paru un peu surprise de me voir venir. Dès que je suis arrivée près du chien, je l'ai reconnu. Je l'ai tout de suite appelé par son nom et il a tiré sur sa laisse pour venir vers moi en remuant la queue. La femme a bien sûr été très étonnée… Papa m'a rejointe à ce moment-là et nous avons expliqué toute l'histoire. La femme, qui s'appelle Mme Grimaud, a été convaincue par notre récit. Elle nous a expliqué qu'elle avait acheté ce chien à la suite d'une annonce parue dans le journal local, mais qu'elle était prête à s'en séparer si le chien avait été volé… Voilà toute l'histoire ! Nous avons rendez-vous chez elle en début d'après-midi. Papa nous emmènera tous, on passera même prendre Julie !

Comme convenu, en début d'après-midi, le père de Lisa nous emmène dans sa voiture. Quelques minutes plus tard, après avoir fait un détour rue des Ajoncs pour prendre Julie, nous nous arrêtons devant la maison de Mme Grimaud. Elle nous attend avec Gribouille à ses côtés.

Quelle joie pour Julie de revoir son chien ! Celui-ci n'arrête pas de lui faire la fête et de lui donner de bons coups de langue. Il ne cesse de tourner autour de la fillette que pour venir nous voir chacun à notre tour dans sa joie de nous avoir tous reconnus. Devant de telles démonstrations, Mme Grimaud, convaincue, déclare qu'elle se sépare tout de suite du chien pour le rendre à Julie.

Au père de Lisa qui lui propose un dédommagement, elle refuse tout net en disant qu'elle est bien trop contente d'avoir pu rendre son chien à une petite fille. D'ailleurs, elle ignorait qu'il s'appelait Gribouille, le voleur ayant évidemment enlevé le collier du chien.

C'est alors que le père de Lisa demande si elle a des renseignements sur l'homme qui lui a vendu le chien. Mme Grimaud ne peut nous donner ni adresse ni téléphone, car le vendeur s'est bien gardé de laisser la moindre trace. Elle se souvient seulement de sa voiture, un break de couleur blanche. Puis elle réfléchit un instant.

— Autant que vous, j'aimerais qu'on retrouve cet escroc, car il m'a demandé une forte somme pour ce magnifique bull-terrier !... Attendez, laissez-moi réfléchir... Je me souviens d'avoir revu sa voiture récemment, ou tout au moins une voiture semblable à la sienne, tout à fait par hasard. C'est près d'ici, un endroit où je vais me promener régulièrement, car il y a une vue splendide sur la mer... Je vais vous le montrer, on peut y aller à pied, mais on y sera plus vite en voiture si vous voulez m'emmener...

chapitre

14

Dénouement

Rapidement, on s'entasse tous à l'arrière de la voiture du père de Lisa avec Gribouille, Mme Grimaud prenant la place du passager avant. Elle nous fait quitter sans tarder la grande voie pour bifurquer sur une petite route qui rejoint le bord de mer. Peu après, elle demande à ce qu'on s'arrête et nous montre de loin une maison. C'était devant cette villa qu'elle avait remarqué, il y a peu de temps, le break blanc, ce qui d'ailleurs ne prouvait rien, car il y a certainement d'autres véhicules semblables dans la région.

Nous descendons tous de voiture et nous

nous approchons discrètement de la maison. Mais cette fois, il n'y a pas d'auto blanche devant le bâtiment.

Nous sommes déçus. Moi qui me croyais tout près du but !

Mais brusquement, Lisa nous fait signe. Un gros break blanc passe avec fracas devant notre groupe et s'engage dans l'allée qui conduit à la maison puis s'arrête.

J'ai eu le temps de reconnaître notre homme, mes compagnons aussi !

Enfin ! Mais que faire maintenant ?

Le père de Lisa nous explique qu'il n'est pas question d'aller voir la maison de plus près. Ce sont les gendarmes qui doivent s'en occuper à présent.

Durant le retour, les conversations vont bon train, mais c'est Mme Grimaud qui a le dernier mot :

— C'est moi qui ai été escroquée par cet homme ! Maintenant que j'ai son adresse, je vais tout de suite signaler le fait à la gendarmerie. Je vous tiendrai bien sûr au courant...

Le lendemain après-midi, la gendarmerie nous convoque pour recevoir nos dépositions.

Dès que nous arrivons, le brigadier nous accueille en souriant :

— C'est grâce à vous que nous avons pu arrêter cet escroc ! Et les enquêteurs de la gendarmerie nationale ont découvert que l'homme se livrait à bien d'autres trafics. Laissez-moi vous féliciter...

Durant un bon moment, nous avons raconté toute notre histoire et le brigadier en a été stupéfait. Il nous félicite encore en nous raccompagnant vers la sortie.

Julie nous attend avec sa maman. Gribouille est aussi là, s'agitant joyeusement autour de la fillette. La maman de Julie nous invite alors tous à prendre une boisson chez elle.

Un peu plus tard, assis dans le jardin de Julie, sous les branches des vieux pommiers, je suis heureux et détendu.

Je ne remarque même plus la peinture écaillée de la maison, le jardin envahi par les herbes folles. Non, je regarde les visages joyeux des convives, Fred qui raconte je ne sais quelle histoire et Lisa qui sourit.

Je cherche des yeux la petite Julie. Elle est au fond du jardin en compagnie de Gribouille. Je décide d'aller la rejoindre.

Elle est assise sous un arbre, sur une petite butte d'où l'on aperçoit mieux la mer. Gribouille est assis sagement à côté de sa petite maîtresse.

Quand j'arrive à son niveau, elle me semble encore plus petite, plus fragile que d'habitude. En voyant la malformation de son dos, mon cœur se serre en repensant à tout ce qu'elle a souffert.

Je m'assois à côté d'elle dans l'herbe. Elle tourne la tête vers moi et me fait un beau sourire, heureuse de me voir. Pourtant, je remarque deux grosses larmes qui roulent sur ses joues.

— Mais tu pleures, Julie !

Alors elle me regarde en souriant, encore plus que tout à l'heure.

— Cela va te sembler étrange, Arthur, mais si je pleure aujourd'hui, c'est parce que je suis heureuse. Heureuse d'avoir retrouvé Gribouille, mais encore plus heureuse de vous avoir comme amis. Ce sont des larmes de joie, vois-tu !

Ému, je ne peux rien dire. Je me contente de lui prendre la main et de la serrer très fort.

Alors, tous les deux, main dans la main, nous regardons les nuages qui passent, les mouettes qui luttent dans le vent, les vagues qui se brisent plus bas sur les rochers environnés d'écume blanche… Je comprends que le vrai bonheur, c'est cela : rendre tous ceux qui nous entourent heureux. Je réalise que le bonheur est ici, dans cet instant magique qui n'aurait jamais pu avoir lieu sans beaucoup de petites choses mises bout à bout, sans toute notre aventure…

Table

Découvrez tous les livres pour la jeunesse de Marc Thil, en version numérique ou imprimée, en consultant la page de l'auteur sur Internet.

....

Vacances dans la tourmente

• À la suite de la découverte d'un plan mystérieux, Marion, Julien et Pierre partent en randonnée dans une région déserte et sauvage. Que cache donc cette ruine qu'ils découvrent, envahie par la végétation ? Que signifient ces lueurs étranges la nuit ? Qui vient rôder autour de leur campement ? Les enfants sont en alerte et vont mener l'enquête...

• Une aventure avec des émotions et du suspense pour faire découvrir aux jeunes lecteurs (8-12 ans) le plaisir de lire.

....

Le Mystère de la falaise rouge

(Une aventure d'Axel et Violette)

• Axel et Violette naviguent le long de la falaise sur un petit bateau à rames. Mais le temps change très vite en mer et ils sont surpris par la tempête qui se lève. Entraîné vers les rochers, leur bateau gonflable se déchire. Ils n'ont d'autre solution que de se réfugier sur la paroi rocheuse, mais la marée monte et la nuit tombe... Au cours de cette nuit terrible, un bateau étrange semble s'écraser sur la falaise.

Quel est ce mystérieux bateau et où a-t-il disparu ? Quel est l'inconnu qui s'aventure dans la maison abandonnée qui domine la mer ? Axel et Violette vont tout tenter afin de découvrir le secret de la falaise rouge.

• Une aventure avec des émotions et du suspense qui pourra être lue à tout âge, dès 8 ans.

Le Mystère de la fillette de l'ombre

(Une aventure d'Axel et Violette)

• Axel a bien de la chance, car Tom le laisse conduire sa petite locomotive sur la ligne droite du chemin de fer touristique. Il est vrai que la voie ferrée, en pleine campagne, est peu fréquentée. Ce matin-là, tout est désert et la brume monte des étangs. Mais quand Axel aperçoit une fillette sur les rails, il n'a que le temps de freiner !

Que fait-elle donc toute seule, sur la voie ferrée, dans la brume de novembre ? Pourquoi s'enfuit-elle quand on l'approche ? Pour le savoir, Axel et son amie Violette vont tout faire afin de la retrouver et de percer son secret.

• Une aventure avec des émotions et du suspense qui pourra être lue à tout âge, dès 8 ans.

40 Fables d'Ésope en BD

• *Le corbeau et le renard* ou *La poule aux œufs d'or* sont des fables d'Ésope, écrites en grec il y a environ 2500 ans. Véritables petits trésors d'humour et de sagesse, les écoliers grecs les étudiaient déjà dans l'Antiquité.

Aujourd'hui, même si en France, on connaît mieux les adaptations en vers faites par Jean de La Fontaine, les fables d'Ésope sont toujours appréciées dans le monde entier. Les 40 fables de ce livre, adaptées librement en bandes dessinées, interprètent avec humour le texte d'Ésope tout en lui restant fidèles : les moralités sont retranscrites en fin de chaque fable.

• Un petit livre à posséder ou à offrir, pour les lecteurs de tous les âges, dès 8 ans.

Histoires à lire le soir

• 12 histoires variées, pleines d'émotions ou d'humour, pour faire découvrir aux jeunes lecteurs (8-12 ans) le plaisir de lire.